Coco y Pío

Para Luke

EDICIONES
ekaré

Traducción: Carmen Diana Dearden

Primera edición, 2012

© 2012 Alexis Deacon, texto e ilustraciones
© 2012 Ediciones Ekaré

Av. Luis Roche, Edif. Banco del Libro.
Altamira Sur, Caracas 1060, Venezuela

C/ Sant Agustí 6, bajos. 08012 Barcelona, España

www.ekare.com

Publicado por primera vez en inglés por Random House Children's Books
Título original: *Croc and Bird*

ISBN 978-84-939138-5-4

Coco y Pío

Alexis Deacon

Traducción: Carmen Diana Dearden

Ediciones Ekaré

En la arena, muy juntos, había dos huevos.

Un pájaro…   y un cocodrilo.

–Hola, hermano –dijo Pío.   –Tengo hambre –dijo Coco.

—Abre tu boca muy grande,
y la comida llegará —dijo Pío.

Y entonces esperaron…

…y esperaron,

pero la comida no llegó.
—Quizá debería ir a buscar
algo —dijo Coco.

«¿A qué se parecerá la comida?».

—No sé qué nos gusta,
así que te traje para probar
—dijo al regresar.

—¿Me lo podrías masticar?
—preguntó Pío.

Después de comer,
se sentaron juntos en la arena
a contemplar el mundo.
–Tengo frío –dijo Coco.
–Yo también –dijo Pío.

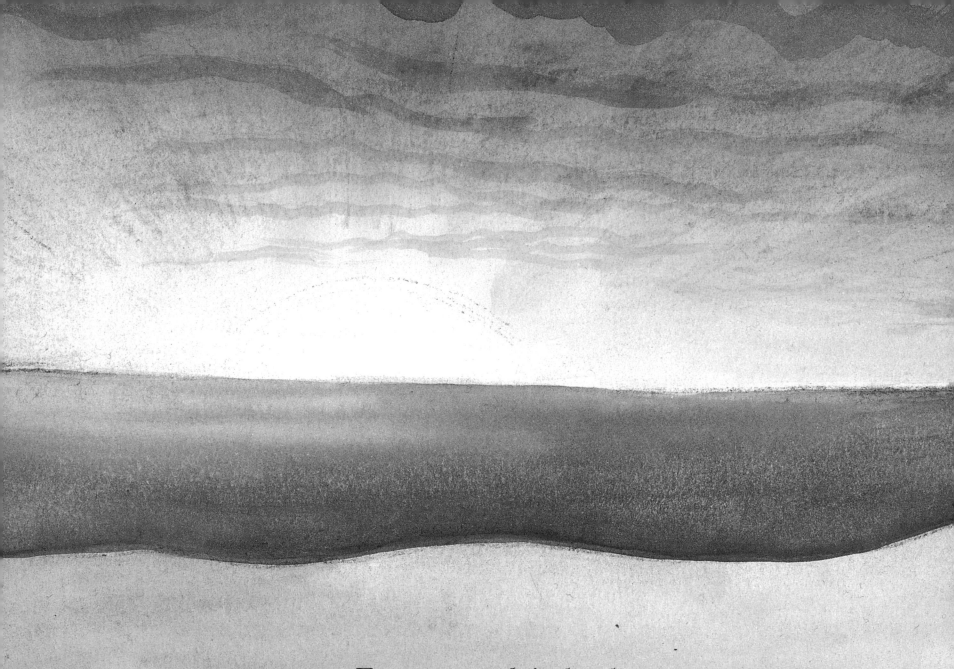

Entonces salió el sol.

—Mira qué bonito
—dijo Coco.
—Creo que deberíamos
cantarle —dijo Pío.

–Cantar me da sueño –dijo Coco.

Y se quedó dormido.

Cuando Coco despertó, Pío estaba sentado sobre algo.
–¡Oh! –dijo Coco–. ¿Qué es?

–Es nuestra casa –dijo Pío.

Pasaron los días.

Coco y Pío crecieron juntos.

Practicaron cómo volar,
y flotar como troncos
en el agua.

Practicaron cómo
treparse a las ramas
y bailar.

Cuando hacía
buen tiempo,
tomaban el sol
sobre las rocas.

Cuando hacía
mal tiempo,
se esponjaban
para calentarse.
—Me alegra que
seas mi hermano
—dijo Coco.

Y entonces,
un día, mientras
cazaban, el río se
los llevó lejos…

...a un lago lleno de cocodrilos junto a un bosque lleno de pájaros.

Miraron a los pájaros y a los cocodrilos,
y se miraron el uno al otro.

–Oh –dijo Pío–, qué tontos hemos sido.

–Después de todo, no somos hermanos –dijo Coco.

–Supongo que debemos decirnos adiós –dijo Pío.

–Adiós –dijo Coco.

Y se fue nadando con los demás cocodrilos.

Pío se fue volando con los otros pájaros.

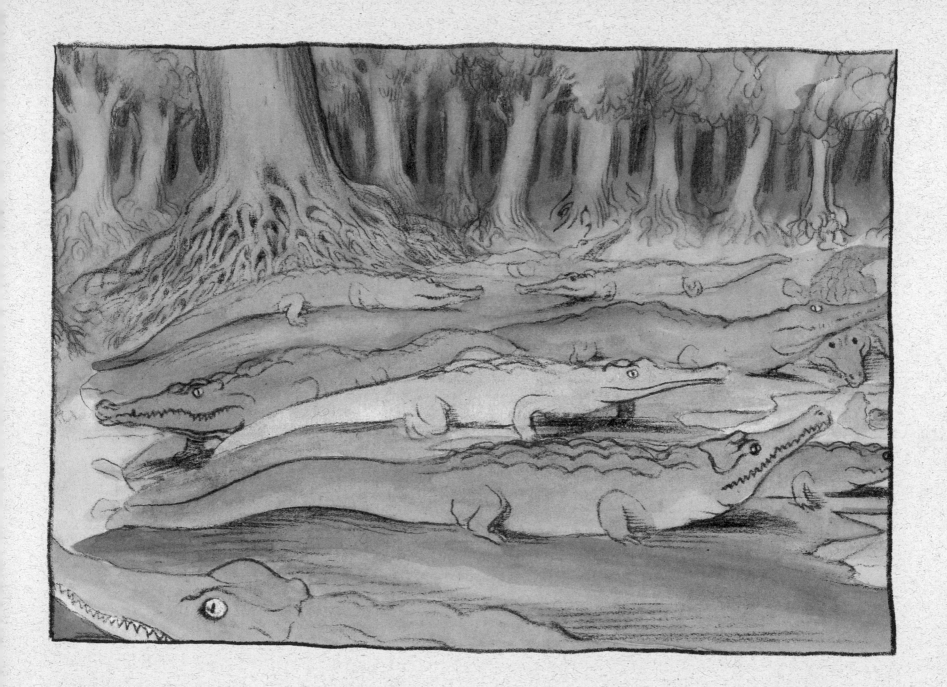

A la mañana siguiente, Coco
saludó al sol con una canción.
–Silencio –le dijeron
los cocodrilos.

A la hora del almuerzo,
Pío atrapó un búfalo.
–¡Qué asco! –dijeron
los pájaros.

Por la tarde, Coco dijo:
—¡He construido un nido
para nosotros!
Pero nadie le hizo caso.

Al oscurecer,
Pío salió a volar.
—Regresa —llamaron los
otros pájaros—. Nosotros no
volamos de noche.

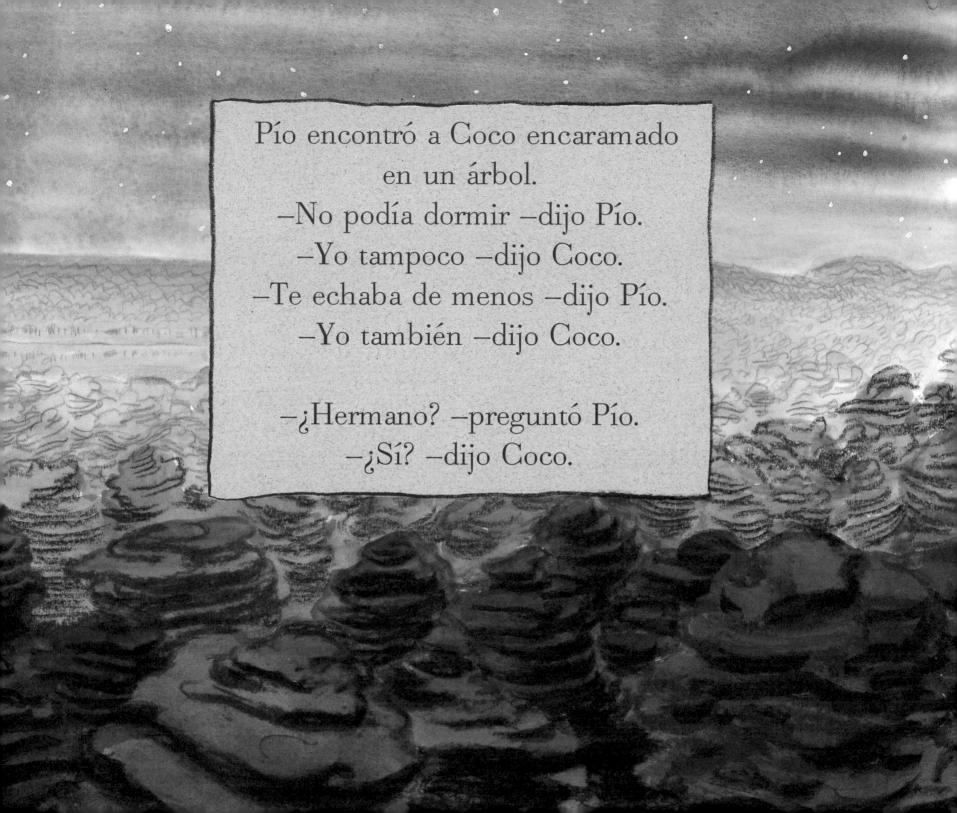

Pío encontró a Coco encaramado
en un árbol.
—No podía dormir —dijo Pío.
—Yo tampoco —dijo Coco.
—Te echaba de menos —dijo Pío.
—Yo también —dijo Coco.

—¿Hermano? —preguntó Pío.
—¿Sí? —dijo Coco.

—Buenas noches.